착한 오지랖

이길선 시집

제목 : 전화위복

시낭송 : 박영애

스마트폰으로 QR 코드를 스캔하면

시낭송을 감상할 수 있습니다.

시음사

시사랑음악사랑

매화의 아름다움을 닮은 시인

　매화는 시린 찬바람을 맞으며 눈 속에서도 꽃망울을 머금는다. 이길선 시인의 글 속에는 매화만큼이나 강인함을 엿볼 수가 있다. 강인하면서도 나비의 날갯짓처럼 부드러움을 함께 겸비하고 있는 글은 이길선 시인의 매력이라고 할 수 있다. 추운 겨울을 이겨낸 매화의 작은 꽃잎에서 섬세함이 느껴진다. 시인의 글 또한 작지만 은은한 아름다움을 느낄 수 있다고 시인에 대해 글을 썼던 것이 기억난다. 은은한 아름다움을 이야기하자면 茶를 빼놓을 수가 없다. 처음 접한 茶의 맛은 쓰고 떫다. 하지만 마실수록 느껴지는 오미(五味)는 바로 우리네 인생을 견줄만한 맛이라고들 한다. 시인의 내면은 다향이 주는 은은함만큼이나 잔잔하면서 멀리 그리고 오래 남는다. 그의 시를 정독해 보면, 푸릇한 봄내음과 그 속에서 피어나는 다향이 기계문명에 지친 우리의 마음에 평온과 치유를 하게 만드는 힘을 지닌 작품이라는 것을 알 수 있다.

글을 잘 쓴다는 것은 문법이라는 틀 안에서 또는 어법이라는 형식이 주는 의미와 행동으로 보이는 시각적인 것까지를 표현할 줄 알아야한다. 글을 쓰는 사람의 사고에 따라 표현방식은 형상적이면서 묘사하는 실체를 전재한다. 즉 이길선 시인은 단순히 글자가 주는 감동에서 눈으로 보고, 귀로 듣고, 코로 맡는 감동까지 표현할 줄 아는 시인인 것이다. 이번 이길선 시인의 저서 "착한 오지랖"에서는 쓰고(苦), 떫고(澁), 시고(酸), 짜고(鹹), 단(甘) 맛의 다섯 가지 맛을 느낄 수 있는 계기가 될 것이다. 시와 차향이 어우러져 독도를 사랑하고 우리의 것을 지키기 위한 문화예술의 한 장르를 이끌어가는 이길선 시인을 소개할 수 있어 즐거운 마음이 든다.

사단법인 창작문학예술인협의회 이사장 김락호

시인의 말

나의 지금껏 삶을 이렇듯 한 권의 시집을 내면서 돌아볼 수 있는 내 인생의 역사 한 페이지는 추억장 같은 참회록 같은 감회의 물결로 새롭다. 문인들의 숙원 사업이기도 하는 시집 출간을 내게도 주어짐이 아직도 믿기지 않지만, 글 사랑의 전당, 대한문인협회에서 특별히 주는 선물 같은 시인 등단 10년 해의 그 의미를 크게 부여하면서 용기백배함이다. 10년 전 많은 망설임도 내려놓고 시인으로서의 새로운 단장을 하듯 문협 글들을 퇴고하면서, 더한 고마움은 그동안 나만의 시집 12권을 들추어 추억하기에 미소 가득이다. 세월을 엮어 놓은 듯 나름 심취함이었고 흥미로웠음은 사실이다. 이제 세상에 내 이름자의 시집을 내놓고는 얼마나 부끄러워할지⋯ 하지만, 두려움만큼 설렘도 있고, 경악과 감동이 한 아름이다.

그 시절 글쓰기와 함께 시작한 다도 예절 교육!
이제는 수강생들을 지도하는 다도교수로서 차 생활 교육을 육성하기에 전전긍긍, 지금은 차의 정신을 바탕으로 다도교육에 새로운 장을 열었고, 옛 선비들의 차 문화 기록과 화랑들의 차 생활 그리고 다반사, 창작다례에 새로운 목표가 있어, 다도교육에서는 남다른 즐거움이 있다. 다인으로서의 자세와 차의 정신을 바탕으로, 가르침에 있어 게으름이 없도록 노력함이다. (정경완 다례원)에서는 "창작문학이 낳은 창작다례", "바로 깨달아 아름다운 독도"의 슬로건을 걸고, 저작과 국내외 상표 등록을 하고, 나라 사랑에 기여함이다. 창작다례로 인한 미래지향은 타오르는 불꽃으로 나의 전부가 될 것이다. 창작다례는 창작문학이 있었기에 오늘에 영광을 얻었음에, 대한문인협회 이사장님 이하 여러 문우님들께 깊은 감사를 드립니다. (사) 한국차인연합회 정(貞)경(憬)완(婉) 다례원에서 다도 예절교육과 창작 [독도 행 다례]의 차사랑! 독도사랑! 의 열정을 다 할 것이며, 다향이 있는 [오심 당 찻집]에서 여러 문우님들과 차 한 잔 나누며 다담하는 날 기대함이다.

시인 이길선

목차_1

빛의 근원   10

허락하소서   11

정. 경. 완 독도!   12

독도 사랑   14

갑오년 새해   15

독도는 언제나 웃고 있다   16

한글 창제 영원하리라   17

맑은 영혼의 아름다움   18

고려 수월관음도   20

엇박자의 자유   21

바람 불어   22

우리는   23

그 사람은 알지 못한다   24

세월은   25

그 성품 때문이리라!   26

산수국화   28

그냥 안 되겠니?   29

깊은 상념   30

하얀 그리움   31

그곳에 가면   32

저녁놀   34

섬 사랑 이야기   36

우리   38

아름다운 그 이름   39

목차_2

묻고 싶다   40

모습이   42

꽃잎 비   43

오심   44

홍차와 클래식   46

너 있음에   48

봄 마중   50

유월 愛   51

차밭   52

눈물의 향기   54

차인들의 모습이   55

그럴 수밖에   56

비 오는 날에   57

차(茶)의 바람   58

봄비 되어 내리고   59

봄 신사   60

봄 예찬   61

봄의 속삭임   62

봄의 향연   64

너를 마시고 싶다   65

내 이름 불러준 그대가 있어서   66

가을밤에   67

밤하늘   68

달 그리다   70

목차_3

내심의 추(錘)   71

갈 숲에 이는 바람   72

어떤 값   73

석양   74

전화위복   75

그저 사랑할 뿐이다   76

비 내려   77

무상(無想)   78

백암산 오르다   79

청량산 오르다   80

강천산 오르다   82

북한산의 정기   84

토왕성 폭포   86

일월산   87

능경봉 오르다!   88

가을 새벽   90

여명은   91

진정 눈물입니다   92

바람 한 자락 휘감은 그림자   93

당신의 심오한 진리   94

내 잃어버린 계절   95

언제쯤일까   96

긴 기다림   97

보고 싶은 마음   98

목차_4

삶의 여유 99

찬란한 오월의 한낮 100

오신다더니 101

무채색 그리움 102

내 사랑 나의 천사 103

결코 허락되지 않을 104

아직은 동백꽃이 105

손 흔들지 못할 이별 106

이미 이렇게 와 버린 당신 107

茶海 108

꼬리 긴 말 109

님이시여! 110

강가에서 112

시현 아가! 113

이국땅 우정 114

행여나 116

서현이를 사랑해! 117

일지암 118

모시발의 비밀 119

착한 오지랖 120

아름다운 포항! 122

남다른 오월의 향 125

그 미와 그림비! 126

그 여자와 그리운 남자! 127

빛의 근원

늘 그곳에서
이글거리며 타오르는 불꽃!
여명 속에 숨겨진 에너지!
당신을 향하는 우리는
새벽을 달리고 그 하루를 살면서

당신의 계시기에
그 삶의 의미를 담고
시간 속 변화되는
당신의 여러 모습들로
우리는 그 삶의 이삭을 줍습니다.

당신께서 가르치시는
순수와 진리!
어김없이 매 순간
붉게 타오르는
당신의 미소를 닮고 싶습니다,

순응하는 자세로 채워진
영롱한 빛의 굵기를
추구하는 삶은
빛의 근원!
그 존재의 이유가 아닐까?!

허락하소서

보이지 않는 사랑으로
등 떠밀어도
머물 수밖에 없는 그림자로
빈 가슴 채우게 허락하소서!

당신 합당한 생각들로
그리움을 삼키며
고스란히 채색할
참신한 지혜를 허락하소서!

활활 타오르는
용광로의 불꽃처럼
그침 없이 다가서는
고귀한 사랑이게 허락하소서!

때로는 눈물일지라도
때로는 슬픔일지라도
쓰디쓴 인내를 허락하소서!

먼 곳으로 숨어들어도
느낌만으로 충분한
당신은 내게
늘 감동이고 기쁨이게 허락하소서!

정. 경. 완 독도!

어둠을 밀치고
떠오르는 태양을 보라!
바람 부는 대로
펄럭이는 태극기를 보라!

조용한 나라의 함성은
용광로의 불길처럼
이 땅에서 꽃피울
창대한 선물인 것을!

자유를 부르며
인류의 역사를 노래하는 것은
아침 햇살과
저녁노을인 것을!

타오르는 꿈과
희망을 품고
하루하루를 살아가는
평화로운 세상에서

생명의 근원과
자연의 섭리로
오묘한 진리를 깨우치고
바로(정) 깨달아(경) 아름다운(완) 독도!

조용한 나라 대한에서
너와 나 그리고 우리는
나라사랑의 본향이고,
독도사랑의 지표임을.

독도 사랑

태양계 행성에서 크기가 다른
많은 별 중 아름다운 지구는
한반도를 허락하고
동해의 심장인
독도를 업어라 명하니

길 중에도
험난한 독도 사랑 길에
소매를 걷어 붙이고
선뜻 일어나 걸어가는
불같은 여인은

새벽 전설에 귀 기울이며
이슬만큼 영롱한
햇살만큼 찬란한
대한민국의 역사와 유산을
키 재기 하며 자꾸만 포갠다.

갑오년 새해

보신각 타종으로 새해가 밝았다
일출은 아직인데
남다른 새벽을 열고자
겁 없는 시인은 길을 나선다.

휑한 바람 한 자락도 감동이다
들리는 듯 보이는 듯
이미 내 속에 떠오른
나의 태양 펠리칸!

전날에는
마냥 걷기만 했었다
새로운 날엔
태양의 길이를 재며 뛸 것이다

일출에서 일몰을 사랑하며
삶의 목표를 향하여
지친 삶에서 일어나
참 삶을 위하여 뛸 것이다

그 대지에서 펼치며
그 고지에서 얻어낼 것이다
크게 이룩할 것이다
서로 손잡을 우리가 있음이니.

독도는 언제나 웃고 있다

사계를 넘나들어도
하늘과 바다를 연이어
자연의 섭리를 일깨우는 너!
국민의 염원과 사랑인 독도는
언제나 웃고 있다

꺼지지 않고 타오르는
동해의 심장인 너!
태양 에너지를 독점하며
어떤 침략도 허락하지 않는 독도는
언제나 웃고 있다

나라의 맥박수를 보충하는
환희의 수호천사인 너!
우리 삶의 매력덩어리
한국의 지표인 독도는
언제나 웃고 있다.

한글 창제 영원하리라

심어주는 말의 글과
남겨지는 글의 말은

진성으로 거름하고
정의로움 담았으니

숨어있는 국력이라
일출일몰 노래하고

달빛아래 시작하며
바람구름 일깨우며

사랑인들 우정인들
하고 싶어 못 다한 말

한글 없이 어찌할까
영원하다 한글창제!

맑은 영혼의 아름다움

그냥 가도 되는데
어줍은 핑계가 얼마나 힘들었니?!

우리에게 현실이 늘 말해주던
오래 머물 수 없음을 잠시 잊었나 보다

떠나야 할 이유가 생긴다면
내가 좀 더 아쉬워하면 되는데

맑은 영혼의 아름다움을 간직하기에
스스로를 벌하지 않아도 될 터인데

그렇게 멀어지려고 애쓰지 않아도
굳이 내가 잡지 않을 터인데

언제나 다가오면 마중하여 반기고
언제까지나 돌아서면 손 흔들어 줄 터인데

만남은 소중했으나 소유할 수 없음을
항시 염려하여 토닥였지

일상에서 징검다리를 두드리던 너와 나
고슴도치 사랑이라 말하지 않았던가,

행여 서로가 침묵의 소리를 듣고자
가끔은 그리워할까 두려움이 있는 거야.

고려 수월관음도

통도사 성보 박물관
그 안에 자리한 고려 수월관음도!
옛 님 앞에 머무는 동안
뛰는 가슴은 사랑이었습니다.

우리들의 그 옛 님이시여!
보내드릴 수 없음을 속삭입니다.
하루 지나면 일본으로 건너갈 님을
부여잡지 못해 한없이 올려다보며

그곳에서 영원히 있어달라며
마음으로 매달렸습니다.
불화 전면에서 흘러나오는 광채는
내 가슴을 뛰게 하고,

쉬 돌아설 수 없어서
고려 수월관음도
가슴에 안고서야 돌아서던
그날이 아직도 눈에 선합니다.

엇박자의 자유

찬바람에 새싹들이 파르르
나뭇가지에
실바람 몸서리친다.

진열장에 비친
내 모습은
계절 잃은 나그네처럼

삶의 긴 여정에서
움직이는 모든 것에
의미를 부여하고,

오직 숨을 쉬는
전통만을 위하여
진실만이 허락될 역사는

추구하는 사람들만의 몫이기에
인류의 선반 위에
올려질 값진 보배로다

가끔 엇박자의 자유를 부르는 것은
그 느낌에
걸맞은 이름을 붙여주고 싶어서이다.

바람 불어

바람 불어 내다보니
함박눈 내리고
크기가 다른 눈꽃들의 입자
세상 이야기로 쌓인다.

펑펑 쏟아져 내린다
부딪히며 흩어져 헤엄치듯
온갖 질투와 아우성으로
그렇게 세상 이야기는 쌓인다.

바람 불어 눈더미는
세상 온갖 허물들로 얼어붙고
빙판 그 위로 미끄러지고
부딪히며 넘어지기도 한다.

마냥 치닫는 경쟁과 시기에
제동을 거는 듯
쌓인 눈 위로 또 쌓이니
세상 이야기를 채찍하는 듯,

바람은 시간 속에
그저 계절 하나 밀어낼 뿐.
따스한 햇볕에 눈 녹는 언저리
아지랑이 움직임은 이미 봄날이다.

우리는

우리는 지는 해를
뜨는 해를
삶이란 것으로 포개며 살고 있다

우리는 그 삶 속에서
단 한 번만을, 단 하나만을 허락하는
공식과 비공식을 논(論)하며 가(歌)한다

우리는 삶이란 여러 매개체로
무수한 오늘이 어제를 낳기에

이미 여러 어제를 숨 쉬었고
내일을 위해 오늘과
어제를 어부바 애(愛)한다.

그 사람은 알지 못한다

안쓰러워 우는
내 심장의 고동소리와
허우적대는 내 작은 몸짓을
그 사람은 알지 못한다.

두둥실 달처럼
흐르는 별처럼
내리는 비처럼
쌓이는 눈처럼

낙엽 지듯 바람 불듯
이리저리 흔들리는
내 고독의 외침을
그 사람은 알지 못한다.

아직도 내려놓지 못한 그리움에
태양을 삼킨 밤의 영역에서
자정을 넘기는 긴 기다림을
그 사람은 알지 못한다.

언제나 그러하듯
해가 바뀌어도
계절 앞에 마냥 서 있을
그 사람을 내가 사랑할 뿐이다.

세월은

초겨울
잿빛 하늘가에
바람 타고
노닐던 흰 구름은
세포들의
합창을 듣게 한다.

심오한 깊이를
알 수 없지만
벗어날 수 없는
환상의 메아리는
12월을
장식하기에 걸맞다.

추억 속
우리들의 이야기는
옛날은
가고 없어도
세월은
가고 오는 것이라고…

그 성품 때문이리라!

차 우려 마시며
이렇게 심취함은,

지금껏 알지 못한
영묘한 이 느낌은,

엽저의 주맥과 측맥이
이리도 튼실함은,

혀끝에 맴도는
그 알사함의 회감은,

아픈 목을 씻어 내린 듯
시원함은,

마른 창자 감싸듯이
미끈한 듯 유유함은,

그 산 정기와
내 몸 안에 차의 기운은,

약간 어지러운 듯
머리위로 집합된 힘은,

너로 인해 휘청거리는
그 향기로움은,

땀으로 인한
싫지 않는 끈적임은,

땀구멍과 세포들의
춤추는 어울림은,

야생차의
귀한 그 성품 때문이리라!

산수국화

그 곳은 내가 사는 곳과
공기가 다르고 풍광이 다르고
새소리 바람소리도 달랐다.
지상 천국이다!

야생차나무의 심오함,
심근성 차나무는
편백나무, 대나무를 벗하며
그 그늘에서 무성히 자라고,

골짜기 저만치 산수국이 피어나
꽃말처럼 해맑은 진심과 변덕을
고스란히 받아 안고자
나는 꿇었다.

치마폭에 담고서
순간의 감동을
오래 기억할 것이며,
행복이라 말함을 추억할 것이다.

그냥 안 되겠니?

진종일 참아내는 보고 싶다!
혹시나 하는 기다림은 아픔이다.

그 어떤 것도 추구함이 없음인데
그냥 그곳에 있어주면 안 되겠니?!

내 사는 동안 산 너머 네가 있고
네 사는 동안 물 건너 내가 있어,

지금처럼 우리 미워하며, 좋아하며
그냥 물러서지 않으면 안 되겠니.

너 있음에 벅찬 현실에서 숨 쉬며
더딘 외로움도 새털구름인 걸,

행여, 인연의 공식이라 할지라도
그냥 지나치면 안 되겠니?!

암울하기 짝이 없는
시린 무게감은 오롯이 내 것이니,

내 작은 생각이 마르기 전에 가려나,
그냥 떠나지 않으면 안 되겠니?!

깊은 상념

올려다 볼 수 없는 흑점
그 속으로 들어가 버릴
8월의 찬란함이여

시간 속에서
그렇게도 달구어 작열함이
숨어들 무덤인 줄 알았던가?!

자연의 섭리는
계절을 바꾸려고
그 속에 숨어드는 여름을 보듬고,

삶에서 가장 기쁜 날은 탄생
가장 슬픈 날은 죽음
사색의 깊은 상념은 이미 해거름이다.

하얀 그리움

하염없이 내리는 눈
그리움을 찾아
달려가고 싶습니다.
마중하고 싶습니다.
알지 못하는 연이지만
기다리는 마음 있어
느껴지는 행복입니다.
가슴 한구석 빈듯해서
음악을 동반하니
더한 그리움을
감당하지 못하고,
하얀 세상이
그리 흔하지 않는
이곳에서 오늘같이
많은 눈이 내리는 날은
그리운 사람 하나있으면
참 좋겠다는 생각을 합니다.
차 한 잔 나눌 이 없지만
외롭지 않음은
어디선가 함께 하고 있을
보이지 않는 당신 때문입니다.
그리움과 보고픔이
간절하면 별이 된다 하더이다.

그곳에 가면

그곳에 가면
눈에 익은 바람 지도
귀에 익은 파도소리
숨어드는 저녁노을
흰 눈 덮인 산천초목

너의 모습이로구나,
그곳에 가면
비, 바람, 눈처럼
나뭇가지에 새처럼
잠시 벗어도 좋을 외투처럼
시원한 질주는
너의 모습이로구나.

그곳에 가면
굳이 흔들어 깨우지 않아도
손 흔드는 너!
손가락 걸어 지킬 약속 없어도
환한 미소로 답하는
너의 모습이로구나.

그곳에 가면
아지랑이 꽃잎 되고
노래하는 새가 되어
마주하는 속삭임은
느낌만으로 충분한
너의 모습이로다.

저녁놀

당신께서 허락하신
그 하늘가 저 들녘에!

삶의 여유를 누리는
아늑한 보금자리

따사로운 저녁 햇살로
평화롭다

저만치 보이는
병풍처럼 펼쳐진 산!

서산으로 사라지는
햇살 끌어안고,

수확을 기다리는
농부처럼

그 들판을 노래하며,
석양에 물들어

숨어들어 수줍은 듯
들킨 마음이어라.

찬란하기보다
곱디고운 빛으로

내일의 기다림을
약속이나 하는 듯

만인의 당신 앞에
발그레 물든 저녁놀,

유유히 흐르다
머무는 곳 어딜까?

섬 사랑 이야기

햇살 부서져 내려앉아
은빛으로 채색한 소 매물도!
한줄기 봄바람 섬광 되어,
깊이를 알 수 없는
바다 속으로 풍덩!

갈매기 날고
포말 일구며
망망 바다 가르는
유람선의 질주가 계속되니,
수평선 저 넘어

희미하게 보이는
섬들의 향연으로
부서질수록 화려한
그 포말의
숨결을 기억하리니,

자유롭게
나래 짓 하던
보랏빛 사랑에
수줍은 매력!
등대섬!

같은 곳을 바라보다
마주한 시선에 싹튼 연민!
내미는 손잡고 그 언덕 오르며
반석에 담겨진
섬 사랑 이야기!

우리

바람개비처럼
잠자리 떼처럼
마주하는 눈빛만으로
잡을 수 없는 우리!

슬픈 인연은
저미는 가슴으로
간절하지도
포기하지도 못하는 우리!

저만치
늘 그곳에서
다가 갈 수도
다가 올 수도 없는 우리!

가끔씩 서로의
바람 되어 비 되어
꽃잎 되어 손짓하지만
잠시도 머물 수 없는 우리!

허락지 않는 공감대
흔적도 없이 사라져
이미 그 계절 속에서
꿈나무가 되어버린 우리!

아름다운 그 이름

밤의 영역이 헤집다
얻어진 무게감
그림자 밟으며
지켜낼 약속 하나

부여된 그 의미
크게 부합시켜도
일컬을 수 없는
아름다운 그 이름

보여지는 빛 하나
가슴에 새기니
둥개둥개 두 둥개,
새근새근 잠들라.

묻고 싶다

기다림이 아름다운 인연은
보고 싶어도
만날 수 없는 영역으로
세월이 밉다

굳이 기다리지 않아도
언제까지나 머물러 줄
내가 세상에 태어나던
그 날처럼,

때가 되면
회색빛 하늘가 찬바람으로
어김없이 다가오는
하얀 겨울은,

잘 지내느냐?
안부의 메시지를 대신하며
어제 이어 오늘도
계속되는 기다림이 마냥 춥다.

오늘도 행여나 하는 마음은
부질없는 낙심으로
죽을 만큼 힘든
인내를 끌어안아야지만,

보고 싶다! 독백하는
이내 참는 마음은
정녕 나만의 것인가?
묻고 싶다.

모습이

그리움은
줄지도 않고
보고픔은
늘어만 가는데

가리지도 않고
그 많은 시간들을
거침없이
마시고

한없이
먹어버린
탓에
거울에 비친 내 모양은

속절없이 다가서던
그 많은 세월로
홀로 남겨두고 비껴가
이리도 곱게
더 많이 사랑하며 살라하더이다.

꽃잎 비

봄비 같지 않게
큰 소리로 창 두드리니
두 손 내밀어 반기며
잠시 외로움을 잊는다.

소나무 숲을 흔들며
어둠을 부르는 바람 소리
큰 키의 대나무는
학춤을 추는 듯

개나리는 담장에서
고개 숙여 웃는데
백 매화는
하늘 보며 울고 있네.

눈물 되어 내리는 비
꽃잎 얼굴 가리고
봄날을 쫓는 듯 하얀 슬픔
꽃잎 안고 뚜 욱 떨어지네.

오심

버려도 아깝지 않을
한없이 초라한 존재감
고독이 주는 비린내를
내 감당하지 못하면
저만치 나동그라져 있지 않을까

고독과 외로움을 마시려고
백자 다관 예열하여
그 안에 차를 넣고
마음을 담고
서러움도 함께 우려 마실 것이다.

나무를 떠나버린 낙엽들처럼
그들에게 잊혀질 나,
내 희미함도 허락되지 않을
그래서 홀로 서 있어도
내 곁을 떠나지 않는 네가 있어 좋다.

어쩌다 나의 분신이 되어버린 너,
가끔 인간의 외로움을 채찍질하지만
내가 부르거나 찾지 않아도
늘 그곳에 머물러 주는 나의 너!

고요 속 작은 영역
하지만 외롭지 않음은
너의 주인 나에게 손닿는 곳에
매순간 너 있음이다.

진한고독은 차의 색, 향, 미를 쫓고,
결코 나그네가 될 수 없음이라
고요 속 방랑자의 외침은
빈 마음을 읊어내기도 하는구나.

홍차와 클래식

요한 스트라우스 2세의
"봄의 소리"가 흐르는 청백원,
나름대로 우아한 여인들이
유혹의 몸짓으로 봄을 부르니
저쪽 바깥세상에서
따사로운 햇살이 기웃거린다.

지친 심신을 위하여
베토벤의 바이올린 협주곡을 듣는데
잠시 현실을 밀쳐 두어도 좋을 만큼
매력덩어리의 소유자
그 여인들의 몸짓은
봄의 악기가 되어 끄덕인다.

낯설어도 눈웃음 지으며
공유하며 공감하며
그 의미를 더하는데
어느새
봄의 향연 그 수업은
뉴 에이지 음악으로
"바다 위의 피아노"로 마무리 하지만
아름다운 선율의 여운만
길게 드리울 뿐,
홍차와 클래식 여인들을
일으키지는 못한다.

너 있음에

농익은 가을
그 깊이를
대신하는
너 있음에,

탕관 물 끓는 소리
다관 물 따르는 소리
찻잔 예열로
도자기 희롱하며,

홀로 마시는
차 한 잔에
신선의 아취!
너 있음이니,

기다림이 여민 색
그리움이 물든 향
외로움이 진한 맛
이리 읊으며 마주하고,

쉬 손닿는 곳에
언제나
함께함이 소중한
너 있음에

지극히 순수하고
감칠 맛 나는
깊은 회감 헤아리며
버릴 수 없는 너 있음에.

봄 마중

저만치 키 재기 하는 화분들은
내 봄날 초록 이야기에 귀 기울이고
파헬벨의 캐논
어느새 오(吾)심(心)을 범람하니,

홀씨 되기를 기다리는 민들레
그 그리움에 내가 벗이 되었다.
담장 넘어 수줍은 개나리의
노란 물들임도 내 미미함을 아는 듯

조계산 야생차밭 곡우를 부르며
진향을 머금은 반가운 소식
햇차 도착은 나만의 봄 마중
진종일 기다림에 더없이 반가움

정성껏 우려
색, 향, 미,
홀로 취하며
이 기쁨 나눌 거기 누구 없소!

유월 愛

비 내리는 유월 愛
찾아 오는 다인들 손에
여러 다농 햇차 전해지고,

차 우려 다담 즐기나,
휘묻이 번식한
위음의 산차왕은 아니로구나.

조계산 야생차 우려 마시니
산차왕 회감 비길 데 없네, 아!
색, 향, 미의 심오한 영(靈)이어라.

* 휘묻이 : 식물의 가지를 휘어 그 한끝을 땅속에 묻어서
　　　　　 뿌리를 내리게 하는 인공 번식법.
* 위음(魏蔭) : 청나라 차농 이름
* 산차(山茶) : 야생 차나무
* 산차왕(山茶王) : 최고의 야생차

차밭

유월의 신록을
듬뿍 머금고 있을
너는
나의 그리움!

어느 곳에서든
세상 시름 잊게 하는
너는
나의 기다림!

저만치 내리쬐는
햇살을 안고
바람을 가르며,

간간이 내리는
비의 젖줄을
마냥 들이키며
유유히 반짝이니

당기는 듯
숨어들면
보이지도
잡히지도 않는

그 차향으로
나를 유혹하는
너는
내 설렘이다!

눈물의 향기

볼을 타는 눈물은
과속의 질주로
눈물이 바다가 되는
한 맺힌 서러움이어라!

묘한 향기 있음에
여기저기 냄새 쫓아
아! 이것이로구나
눈물의 향기로다!

삶의 뒤안길
울퉁불퉁
이리저리 휘청거리며
오늘에 숨을 쉬고,

먼 산 뒤로 하자니
발걸음 더디어라
오매불망 울 엄마
고이고이 잠드소서!

차인들의 모습이

수십 명의 움직임에서
고요를 부르는
다관에 찻물 따르는 소리!

아주 작은 찻잔에서
한 계절의 수고로움을 들어나 주는 듯
방안 가득 색향미의 유혹은,

차꽃처럼 엷은 미소 가득한
차인들의 마주 대는 볼의 따사로움은
계절 하나를 삼켜도 좋아라.

가을 문턱에서 머물 수 있는
작은 마음들의 화합은 차 한 잔에서
나누는 다담으로 마냥 정겹지만

말차 한 잔 더 나누어야
돌아설 수 있는 차인들의 모습에서
흩어져 사라지는 낙엽들이 마중한다.

그럴 수밖에

운무로 꽉 차서 온통 잿빛이다.
내 그리움만큼이나 희미한 세상
보이지 않는 그곳으로 너의 영상 쫓고
내 마음 드러내지 못함은
미지의 세상이 언제나 나를 지배함이다.

우려낸 차 맛이 없음도
내 빈 마음이 아니어서일까
싱거운 맛도
짠 맛도 아닌 것이
떫은 맛은 더욱 아닌데

차 맛이 없는 이유에 갸우뚱
짐짓 무심이 아님에 놀란다.
너를 다루며 너를 마시며
다른 그림자를 쫓고 있으니
평상심을 잃어 그럴 수밖에…

비 오는 날에

거센 비바람에
떨어지는 꽃잎들
땅 위에 뒹굴며
길 잃은 아이처럼 나붓대고,

붙잡을 수 없는 인생
흩어진 시간 속 미련은
이미 바람결에 떠밀려
꽃잎처럼 사라진다.

멍한 두 눈은
창가 빗방울 헤아리며
햇차 우려
차색으로 그리움 안고
차향으로 외로움 덮고
차 맛으로 시름 잊네.

차(茶)의 바람

늘 머물러 있는 차향!
밀쳐 보지만
걷히지도
밀리지도 않는다.

순간을 벗 삼아
나뭇가지도 없는
내 일상에 걸려
시간 가는 줄 모르고

아! 햇살 부끄러워
머물던 너였다면,
별빛 허리 펴면 흩어질
너는 茶의 바람인걸!

봄비 되어 내리고

봄비! 그 언덕 넘어서서
하늘 향해 외치는 소리 들리니
봄날인가 보다.

긴 시간의 기다림은
헛되지 않고
반짝이는 이파리들
너울춤 함께 추며,

봄이 왔네,
봄이 왔어
그때처럼 외치며
봄비 주룩 주룩 감동이여!

끌어당기다 놓아버린
고무줄처럼
멀리도 가까이도 아닌
지금 여기에

밤의 영역을 가로질러
새벽을 가르고
헤집고 또 헤치며 달려온
봄의 전령을 반긴다.

봄 신사

봄 잠 흔들어 깨우며
길게 늘어선 길가 담장
노란 개나리꽃 벗하며
달려온 봄 신사,

안고 뒹굴어도 좋을
기억할 봄기운,
계절의 반전을 애무하듯
꽃샘추위 사냥하기 바쁘다

커튼 바꿔 달며
침구세트 교체하고
찻상 차림 바꾸며
추위를 떠밀었지만 조금 춥다.

자동차 창틈 사이로
아지랑이 쫓아 봄바람 타고
봄 향기 맡으며
봄노래 부르며 내 사랑이여!

바쁜 일상 오후 3시
봄 신사의 종종걸음 마중하며
홍차에 어울리는 쿠키 잊고
블랙 티에 빠져버린 내 봄날이어라.

봄 예찬

봄비 내려 잠재운
찬바람 먼 산
얼어붙은 강물이
균열은 유수로다.

계절 삼켜 차디찬
땅속 새싹들이
기다림이 아름다워
속삭이며 살랑인다.

반가움에 맨발로
마중한 내 임이시여
그 대지의
봄비 내리고

쿵쾅이는 심장소리
그 품에
내가 안겼으니
찬란한 봄이로구나!

봄의 속삭임

날씨가 갑자기 추워졌어요,
그 봄은 어디쯤 오고 있나요.
혹여 지나가 버렸나요,
봄꿈을 꾸느라 진작 몰랐어요.

수줍은 처녀의 다소곳한 그 봄은
이미 당신 가슴에 와
새 봄 맞이하려
그대 설렘에 함께 하고 있어요.

당신의 그 미소가 보고 싶어요.
함께하는 봄의 그리움을
나누어도 좋으련만
이 기대가 죄가 되지 않는다면

당신께서는
그 봄의 문턱을
이미 넘어서서
다가오고 있음이죠.

당신을 향한 그리움으로
여러 날, 여러 주, 여러 달
산더미처럼 그 큰 무게에 짓눌려
가슴으로 터집니다.

어서 오세요, 봄 냄새가 물씬 나는
봄의 향연으로
당신과 함께
봄의 왈츠를 추고 싶어요.

봄의 향연

눈을 감아도
보여지는 너의 영상
두 팔 벌리면
손끝에 느껴지는 숨결

맨발로
땅의 기운을 받으며 걷는 미소
손짓하지 않아도
이미 내 곁에 와 있는 너,

봄이란
계절 하나
가슴에 안고
휘 돌아보니

여기 쏘옥
저기 반짝
나뭇가지마다 물오르고
저만치 아지랑이까지,

아름다운 봄의 향연 속에
먹구름 한 자락
봄비 속에 숨어들어 흩어진다.

너를 마시고 싶다

세포들의 미미한 움직임은
삶의 탄성이다,
아주 작은 찻잔에
너를 담아 마시고 싶다.

세상의 소리 조각들로
아침을 열고, 밤의 길이를 재며,
아주 작은 찻잔에
너를 채워 마시고 싶다.

용틀임하는 세포들의 극치,
고르지 못한 숨소리의 환희,
아주 작은 찻잔에
너를 가득 따라 마시고 싶다.

내 이름 불러준 그대가 있어서

가을! 이 계절 끝자락에
내 이름
불러준 그대가 있어서

떨어져 뒹굴다 사라지는
낙엽 더미 속에서
내 이름 부르는 그대가 있어서

겨울날 하얀 그리움
그 속에서도
내 이름을 불러줄 그대가 있어서

떠미는 미련
숨어드는 연민, 그 가운데
내 이름 불러줘야 할 그대가 있어서

허허로운 세상
11월을 들여다보는 이쯤에
내 이름 불러줄 그대가 있어서 숨 쉰다.

가을밤에

세포들의 움직임은 미미하고
가을밤에 출렁이는 바다는
반짝이며 넘실넘실 새벽을 부르지만
별들의 탱고는 현란한 밤의 도시에서
기품 있는 자세로 멈춰 선다.

허우적대다 잡힌 물고기처럼
파장이 토해낸 신음의 극치는
연민의 깊이를 모르는 바람 되고,
그림자를 잉태한 잔물결은
공허함에 파도만 헤집는다.

환상의 늪! 검은빛 바다 위에
심도 있는 약속의 시선은
빠른 속도로 별똥별 쫓고
가끔 달리는 자동차 경적은
수평선 어선들의 불빛을 시샘한다.

밤하늘

해거름 밀치고
마구 들이대는 밤의 그림자
그 속에서 한 아름 무게로
임 마중하는 여인은

보름달보다
먼저 빼앗긴 시선으로
자동차 불빛 꼬리 물고
서성이다 들킨 동공 달빛을 삼킨다.

자연이 허락하는
무한대 공간에서
채우고 싶은 욕망의 늪
환상의 풍경소리만 들리니

화려한 어울림은
미미한 구성으로 조화를 이루고
계절만이 허락하는
형체 없는 감성 그 속에 잠긴다.

낙엽더미의 속삭임은
원색의 향수 뿌리고
슬픈 노래 바람 되어
은빛 날개로 하늘을 난다.

앙상한 가지들 연주는
마주 보는 눈빛의 지친 고독
협주곡을 공감하며
빈 마음 채운다.

지난 날 흔적의 파노라마
기약 없는 질주를 부르고
자연이 허락한 벗들이
가슴으로 말한다.

달 그리다

낮의 길이 여행하다
저녁놀에 걸려
서쪽 하늘 그네 타고
밤의 길이 안고서야
초저녁 문턱 넘어서는 너,

차오르며 기울기를
삼백육십오일
보름달, 반달, 초승달로
석양을 배웅하고서야
만날 수 있는 밤하늘 주인,

그 달 마시려다
별들에 붙잡혀
도둑이 되고서야
나의 밤 기도는 끝이 난다
아직도 내 시선은 너에게로.

내심의 추(錘)

한가위 전야는 어스름,
그 달빛 아래 멈춘 시선
끌어당기니 미끄러지듯 다가온다.

감싸 안으니 심장의 고동소리
잡힌 풍선처럼 쿵쾅이며 달아날 듯
창문 고리에 애써 동여맨다.

굽이굽이 일렁일렁
소설바람 타고 살랑이며 반짝이는
어둠 속 창문 고리 향연은

동여맨 끈 풀어
내심의 추를 달아야겠다!
연줄 뜸 먹이기 하듯

그믐밤에도 잃어버리지 않을
오래 기억될 숫자
심오한 무게의 추를 달아야겠다.

갈 숲에 이는 바람

외로운
섬인 줄 알았다
계절이
오가는 길목!

고철 숲 속에서
섬나라 고독을 안고
새벽을 깨우는
설렘은 감동이다,

너로 말미암은
내 삶의 에너지는
발그레한 볼과
세포들의 미소로 답하고,

거친 숨소리와
부드러운 손길은
갈 숲에 이는 바람 만큼
자유롭고 감미로운 긍정이어라!

어떤 값

값을 치르지 않아도 되는 흙과 땅은 없다.
흙이 있고, 땅이 있음에
그러한 것들에
내 것이 있고, 네 것이 있음이고
부자가 있고, 가난이 있음이다.

길이 있음에
걸어도 되고, 운전해도 된다.
다만 그것들에는
지킬 약속의 중앙선이 있고,
값을 치러야 하는 세금이 있다는 것을.

우리가 사는 세상에서
목표를 향하는 농부들의 발걸음이,
흙의 진정성과 농사꾼의 인내로
노력하는 만큼 주어질 결실은
먼저 다가가는 삶의 주인공이 아닐까.

석양

지금 너의 모습은
내 숨겨놓은 사랑인가
하늘 구름이
겁 없이 걸어 나와
파란 하늘 곱게 물들이고
내 창가에 걸렸네.

아름다운 소리 바람
내 귓전에 춤추고
이 밤을 안고 흘러
어디쯤에 다시 머물까
두 손 내밀어도
잡히지 않는 너는,

잡으려다 놓치는
물고기처럼
애타게 기다렸던
내 영혼의 사랑이
소리 바람 타고
시간 속으로 다시 사라진다.

전화위복

시기상조, 기다리라 했건만
물이 차면 떠오를 것인데
보충 물 붓기에 부지런 떨어
차오르다 넘쳐 버려진 현실

이미 내어놓은 것은
내 것이 아닐진대
종용하고, 명령하니
두 손, 두 발 들었다네.

네 기쁨 되리라는 헛된 욕심
네 것인 양 밀어붙임 착각이고 무리수다
널 위해 차려낸 밥상 술타령에 거두니
내 밥상이로구나!

내려놓은 마음에
전력을 기울였기에,
이리 큰 열매거늘
아! 전화위복이로다.

그저 사랑할 뿐이다

그때는
새털 같은 바람이
지금은
물의 바람이어라

너는
봄의 전령사로
설렘이고
감동이지만

미움의 늪에서는
그리움 등에 지고
사랑의 늪에서
기다림을 업었구나!

내 것이 아니기에
없는 듯 있는 너를,
늘 그렇게 기다리고
또 보낼 것이다,

아무 것도 없는
그 곳에
누구의 것도 아닌 우리는,
그저 사랑할 뿐이다!

비 내려

비 내려
깊이 잠재운 속내 일깨우니,
비 오면
들켜버릴 것 같은 내 사랑이어라.

비 내려
부를 것 같은 그 곳
비 오면
유난히 가고 싶은 그 곳

비 내려
혼자만의 사랑이 꿈틀거리니,
비 오면
거침없이 그 곳으로 달려가는 여심!

비 내려
내 숨어 우는 사랑은
비 오면
결국 어깨춤만 추는구나!

무상(無想)

공허함에 그냥 두 눈 감았는데
물방울 같기도 하고,

흐린 날 안개비 같기도 하며
희미한 나그네의 뒷모습 같기도 하구나,

이른 새벽 바다가 술렁이는 듯 하고
먼 산이 해맑게 웃는 듯하구나,

나뭇잎들이 한들 반기는 듯하고
갑자기 바람 한 자락 지나가는 듯하구나.

새소리도 아닌 것이
내 귓전에 맴돌고,

무수한 것들의 형체가
내 앞에서 점차적으로 다가와 사라진다.

눈을 뜨고 두 귀를 의심하며
현실 앞에 보이는 것은 아무것 없음인데

아직도 희미하게 스치는 것은
자연의 반전인 듯 공허함인 듯하다.

백암산 오르다

손바닥으로
하늘을 가리듯 한
금강송들의 향연에
한줄기
바람이 스친다.

열 두 굽이 돌아 올라
백암산의 정상에서,
내려다 본 산자락에
빛바랜 솔방울들의
이야기를 가만히 줍는다.

함께 하는 이들의 마음은
봄볕마냥 따사롭다
세상 욕심 버려도 좋을
쪽빛 하늘가에
백암의 정기를 들이킨다.

내일을 기약하는
우리들의 웃음은
금강송의 깊이를 노 젓고
산우들의 어울림은
봄바람 따라 신록을 헤집는다.

청량산 오르다

봉화 청량산의 부름을
내 진작 알지 못함인데
유난히 손짓하는 하늘다리!
그리움을 순간으로 접하며
다시없을 듯한
그 산과의 인연에 입맞춤 한다.

칠월의 신록을 양껏 접하며
그 산을 오르는 높이 마다
펼쳐지는 산새는
단아함과 숭고함이 층을 이루고
고개를 살짝만 돌려도
감탄의 긴 여운…

저 아래 청량사의 염불 소리는
그 산자락의 기도
가쁜 숨을 가라앉히며
가슴 한 곳에 저밈을 토닥인다.

그 산의 깊은 골짜기에
오묘한 기운과 더불어 숙연함은
참선과 자비를 부르고
하늘다리의 환희와
그 다리아래 보이는 신비로움에
그만 삶의 무게를 툭! 놓아 버렸다.

강천산 오르다

햇살만큼이나
착한 모습과 순한 미소로

어느 세월 속에 살다가
이제야 마주함인가?

조금씩 아주 조금씩
다가오는 잔잔한 물결을

산이 내게 안기는 듯
내가 그 산에 안기는 듯

강천산의 정상에서
인연의 나무 한 그루 심고,

홀연히 돌아설 수 없기에
나를 던져버린 너의 품!

그 작은 미소로
그 순한 자태로

진한 박동 수로
우리는 하나 되고,

허망된 욕망의 늪 일지라도
내 눈물 될 너 일지라도

햇살 만큼이나
따사롭게, 아름답게, 사랑하리라.

북한산의 정기

봄의 기운은
잠시 숨바꼭질하고

얼어붙은 인수봉의 춘삼월!
잔설의 조화로 아름다운 북한산!

까마귀 울음소리
몰아치는 바람 채찍!

매달리고 기어오르다
마침내 안겨버린 백운대!

태극기 나부끼는
그 산 정상의 의지!

내려다보이는 까마득히 먼
저기 저 산 아래

흐린 시야 속에서 보이는
도미노 게임처럼

채송화들의 키재기처럼,
서울의 전 면목을 내려다보며,

강한 전류가 흐르는 북한산의 정기를
온 몸으로 탐닉하고

아름다운 강산! 그 산 사랑을
멈추어도 좋은 시간 속에서 수줍어 한다.

토왕성 폭포

하늘과 손잡고
겹겹이 포개진 외설악
산들과 어깨동무하며
그 깊고 그윽한 산속에서

고독을 벗하시며
꼭꼭 숨어버린
당신을 찾아 헤매던 우리는,
큰 얼음바위에 멈춘 시선,

세상에서 가장 아름다운
얼음 꽃 드레스를 입은 암벽에서
빙벽의 미소까지 허락하시니
드러내 보이시는 당신의 섭리,

아름다운 강산의
참 맛과 멋을 배웁니다.
묵묵히 지혜롭게
도전과 도약을 명하시니,

장엄한 국제 빙벽 대회로
우리 지친 삶에 허락된,
경사로운 은빛 축제 현장은
오래 기억될 감동의 시간들이다.

일월산

일월산의 고지를 향하는데
출렁이는 파도가 춤추고
일렁이는 바람이 노래한다.
산인들의 외침은 설렘으로
새해 첫 만남은 염원이다.

산의 어깨를 낮추고 싶은
힘들어 하는 체력이 부끄럽지만
오르고 또 오르면
못 오를리 없다는
어느 시인의 채찍을 듣는다.

그저 주어짐을
허락하지 않는다며
낙엽 더미에 쌓인 눈이 웃는다.
올려다 본 하늘가에서
무한한 가능성의 합창을 들으며,

일월산 정상의 환희는
오르는 자만의 것
자신에게 던져진 빛의 에너지!
뛰는 가슴으로 안아 버린
기축년의 희망이어라!

능경봉 오르다!

그 시간 속을 걸어
계속되는 겨울산행.

누구도 나무랄 수 없는 고요와
나뭇가지 위에서 피워진

눈꽃들의 향연들로
탄성은 고요를 뚫고,

뿌옇게 비추이는
태양의 엷은 미소가 얄밉지만,

설원에서는
세상 시름을 알지 못한다.

능선 따라 줄지어 오르는 이들은
한 마리 사슴이 되어도 좋아라.

묵묵히 오르지만
각자 목표가 있는

그 삶의 여유들이
진정 아름답다.

마주하는 얼굴들의
그 미소만으로도 충분한,

굳이 손잡지 않아도
하나가 되어,

설산의 아름다움과
그 높이만큼

이미 시작된
우리들의 사랑이어라.

가을 새벽

새벽을 가르며
질주하는
자동차 불빛에
수줍은 홍조!

가로등 불빛 사이로
부는 바람 한 자락에
일렁이다 들켜버린
가로수의 숨은 사랑!

지켜보며 서성이다
내 감춘 짝사랑 헤집어
가을 새벽 중앙선에서
그네를 탄다.

여명은

달빛 별빛처럼
고운 인연
돌고 돌아
울타리 얽어 영글고
마주하는 눈빛은
불꽃 되니,

삶의 여유는
잠시 돌아누워도 좋을
읽혀져 각색된
끝이 보이지 않는
그 숲 속 모퉁이에서
이미 묻히고 뿌리내려 싹트니,

시간 속 기다림은
아름다운 끼의 나눔
잠시 비켜서서
빙글 돌아 보이며
읊조리는 여명은
미덕인가, 외침인가!

진정 눈물입니다

가슴은 이미
그 강가를 서성이고
내님 마음 자락은
두 눈에 이슬로 맺히니,

서러움은 세월 속
지워지지 않는 얼룩들로
메인 가슴 토닥이는데,
잊어버린 영상 가만히 스친다.

텅 빈 가슴속 주인공
머물지 못한 채 사라지니
내님 그림자 애처로워
진정 눈물입니다.

바람 한 자락 휘감은 그림자

참으로 길게 느껴져
돌아오는 시간 속 당신은
가슴앓이 인내를 쌓으며
천천히 내딛는 사랑의 무게로

스스로를 견제하기에
심신은 지쳐 흐느적이고
추구하던 지혜의 덩어리를
가만히 가슴으로 끌어안는다.

바람 한 자락 휘감은 기다림에
자연의 순리는
이미 다가와 속삭이고
미움도 사랑임을,

초연한 자태로 처음처럼
여명을 미소로 마중하던 우리는
고독을 밀치며 마주하는 눈동자로
당신은 내게 늘 감동입니다.

당신의 심오한 진리

눈을 가려도 보이는 걸
겹겹이 동여매어도
피부로 느껴져
읽어지는 마음의 눈!

이미 바라보고 있음인데
두려움인지
부끄러움인지
분명 가려야만 했던 그 아픔!

먼저 읽고 나중 느끼는데
보여지는 것만으로는 부족한
그 속내를 읽게 하신
당신의 심오한 진리!

눈을 들어 하늘 보듯
검은 눈동자의
그리운 얼굴은
내 마주할 감동의 물결입니다.

내 잃어버린 계절

배웅하던 계절은
되돌아 울부짖고
마중하던 계절은
오려다 머뭇거린다.

엷은 옷으로 단장한
거울 속 봄나들이
꽃단장한 속내는
맑은 미소 속 수줍음

들켜버린 감성은
일출보다 일몰을 기다리며
봄꿈을 꾸는데 횡 하니
겨울바람 한 자락 지나간다.

언제쯤일까

없는 듯 비워버리기도
참 어렵다

자꾸만 생각나는데
분명 곁에 없음이다

긴 여운을 남기던
그 말의 의미를

없는 듯 있어주는
너를 알고

늘 곁에 있어야만 했던 널
내가 먼저 가슴으로 밀쳐낸다,

함께 할 수 없는 너와 나
차원이 다른 여행을 꿈꾸며

먼저 배려하며
서로의 안부를 묻지만

기약 없는 우리들의 만남은
언제쯤일까?

긴 기다림

너 보고 싶은 마음
누가 볼까 두려워
만월 속으로 숨어들어
기어이 안긴다.

헤아릴 수조차 없는
멀고 먼 거리를
너는 매일 밤 그 바다를 가르고
나는 매일 낮 그 하늘을 날고,

가을바람 속에 전하는
길고도 진한 너의 외로움을
내 긴 기다림 속 삼키는 시간들로 벗하리라
만월처럼 아름다울 그날을 위하여!

보고 싶은 마음

혼란 속에서도
다가서는 내 진실함은
너의 일상을 궁금해 하며
텅 빈 가슴은 어느새
너의 영상으로 채운다.

안개비만큼 흐릿한
내려놓아도 좋을
그 인연의 찻잔은
네가 알지 못하는 영역 속에
거품 일구어 마시는 가루차

시간 속에 우리는
어디로 가는 걸까?
마주 대할 볼은
언제쯤일까?
보고 싶은 마음은 자꾸만 보챈다.

삶의 여유

다가서니 고운 눈빛 속에
당신의 환한 미소가 있어 행복입니다

낙관적이고 우수가 깃든 째즈 음악으로
어지러운 마음을 다스리는 삶의 여유!

화려하지는 않지만
정갈함이 있어 참 좋은 홍차 한 잔의 그리움!

당신으로 인한 내 사로잡힌 영육은
오늘도 불멸의 꽃 피우고

옹기종기 형태는 달라도 공유하는 그 속에서
당신은 우리들의 유일한 사랑입니다.

찬란한 오월의 한낮

찬란한 오월의 한낮
따사로운 봄볕
유채꽃 얼굴 위로
아지랑이 펴오르고

울렁이는 여심은
다가오다 멈춰선
네 영상으로
빈 가슴 채우며 돌아서는데

어느새 초록으로 물들어
숲 속에 숨어들고
바람 속 그리움과
계절 속에 잠들었네.

오신다더니

마냥 기다렸습니다,
온갖 많은 사람들 틈에
당신 모습 찾느라
무던히도 바삐 움직이는
두 눈동자는 어느새
슬픔보다는 가벼운
아쉬움의 꽃을 피우지만

또다시 서성이는 두 눈은
잿빛 허공을
돌아 노닐다
그만 눈물 비를 만들고
기다림이 있어
아름다운 하루!

아침을 일깨우고
한낮을 길들이며
저녁노을 같은 인내를 익히지만
환희를 선물한 그 목소리는
아직도 내 귓가에 머물고
이제 두 눈에 어리는 그리움은
또 한 번
아름다운 눈물을 삼켜야 합니다.

무채색 그리움

그렇게 보내야만 하는
그 이별을
내 알지 못함인가
정녕 알지 못하는 시간!
그 속의 미로!

아닐 수 없는 현실은
내 공허함으로
그 막을 내리고
이제 얼마 남지 않은 시간들은
자신을 다듬이질하며

돌아볼 시간들은 바람으로
그렇게 소원한
내 희망의 불꽃에
찬비가 내리고
이제 그 비가 그치면

따사로운 햇살 속에서도
늘 추워할
내 그리움의 언덕이
너무 넓어
무채색으로 저장될
내 그리움은 추억으로
사계 속에 잠들 것이다.

내 사랑 나의 천사

아스라이 하늘 저 멀리
아주 작은 알갱이들이 춤을 추니
그날의 소중한 기억들로 가득합니다.

다가와 내 곁에 머물기에
사랑인 줄 알았는데
어느새 바람이 되어 흩어지고

비 내리는 길모퉁이에
찬비 맞으며 멍하게 서서
아름다운 그날을 그리워합니다.

그 인연을 잃어버려야 함은
알지 못함보다 더한 고통입니다
그런들 어떠합니까.

늘 그리워하며 살아갈 수 있게
그곳에서 지켜보는 나의 천사!
이곳에서 머무는 내 사랑입니다.

결코 허락되지 않을

이미 당신에게 있어
큰 짐이 되어버린 나
그러나 어찌합니까?
그 작은 인연의 끈을 놓으려니

잊혀지는
잃어버리기 싫은 까닭에
혼자만의 사랑으로
허락되지 않을 그 사랑을

슬프지만 아프지만
외롭지는 않음이니
오래토록 기억하고
고이고이 간직하렵니다.

어제는 삐치고
오늘은 겁먹고
내일이 두려운
늘 그런 날이지만

그러나
결코 허락되지 않을
당신의 사랑은
늘 이곳에 머물 것입니다.

아직은 동백꽃이

2월인지
3월인지
알 수 없는
봄 속 겨울을 거닐고

울지 못하는 동백꽃!
못다 핀 동백꽃이
반기는 듯 손짓하며
마중하는 그 위로 흰 눈이 내린다,

그 겨울 속을 달리며
고운 님 노래 들으며
우리 마음은
겨울 속 봄을 거닐고

선운사 뒷동산에
동박새 비밀을 묻노라니
아직은 동백꽃이
도둑맞은 계절 앞에
그저 새소리만 들으라네.

손 흔들지 못할 이별

이별!
노란 기다림은
손 흔들지 못할 이별을 낳지만
물 오른 나뭇가지는
연두 빛 몸매 감고

하얀 그리움은
이별 뒤에 숨어
내 기다림의 긴 세월로
그 아름다움을 노래 부르니

잊을 수 없는
잊혀지지도 않을
손 흔들지 못할 이별은
봄바람에 실려 어디론가 사라진다.

이미 이렇게 와 버린 당신

이미
이렇게 와 버린 당신

남쪽 나라에서
등 떠밀리는 바람으로
나뭇가지에서
숨 쉬는 움직임으로,

주룩
내 마음을 적시는 빗줄기로
화사한
내 가벼운 옷차림으로

겨울 마당 그 위에
연두 촉으로
비발디 사계 중 애간장 녹이는
봄의 선율로

아! 이미
이렇게 와 버린 당신입니다.

茶海

종종걸음 귀 기울이니
茶海! 그 속삭임에
초록여울이 출렁인다.

차의 주인은 기지개 켜고
이슬 머금어 탱탱한
세포줄기의 생성은,

파장 일구며
어깨동무한
그들의 외침이 넘실거린다.

들이키며, 맛보며, 느끼는
숭고한 이념의 세계,
그 곳에서

햇살 부비는 소리로
그윽한 차의 자존심은
은밀한 감동, 곧 환희다!

꼬리 긴 말

나 당신으로 인하여
외롭지 않습니다,
보이지 않지만
분명 그곳에 계시어
늘 힘이 되어주는 당신!

내 가슴은 늘
출렁이는 물결로
때로는
눈물과 기쁨으로
긴 파장을 이루지만

나, 사는 동안
가슴이 따뜻한
당신 있음에,
그리
고독만은 아닙니다.

내 초라함을 삭히는
내 친구가
빌어주는 축원은
꼬리 긴 말의
환한 웃음입니다.

님이시여!

새해 첫날 그 많은 바람들을
고스란히 안고
한해를 불 살게 하신
님이시여!
부딪히며 깨어진 무수한 시간 속
그해 마지막 즈음에
터널 저쪽 끝
새로운 세상을 보여주신
님이시여!
비바람과 눈보라를 견디게 하시고
태풍과 해일 속에서
그의 눈을 향해 헤엄치게 하신
무한한 가능성의 용기를 주신
님이시여!
산허리 돌아 정상에 서게 하시고
그렇게 채우라시며
그렇게 만들라시며
불타오르는 태양의 숭고함을 가르치신
님이시여!

친한 벗이 다녀간 것처럼
잠시 머물렀다 가는 사계를
쳇바퀴를 돌게 하시며
세상의 아름다움을 알게 하신
님이시여!
깨달음을 천천히 알게 하시고
또다시 새해를 맞이할 우리에게
심오한 진리를 가르치시며
겸허하게 두 손 모으게 하시는
님이시여!
찬란한 일출의 영광이여!

강가에서

해그름 강가 벤치
이미 불 밝힌 가로등 벗하며
님 생각에 잠기는 나는
가을 끝자락에서도
그 진한 외로움을 잊습니다.

님의 그 목소리로
헤집어 찾지 않아도
이미 타오를 불씨로
가을 하늘 수놓아 불꽃 되고

저만치
강물 가르며 속삭이던 물새들이
이제 배웅하는 몸짓으로
가을 하늘 저녁놀에 숨어드니
아름답습니다.

님이시여!
이 강가 언덕에 올라
물새들의 사랑 노래 들으며
푸석이는 가랑잎 더미 속
함께 거닐 그 날을 기다립니다.

시현 아가!

눈을 떠도 어두울 그 고요 속에서,
정한 시간을 기다리게 하더니,
열달 살얼음판 위를 걷게 하더니,
세상의 찬란함을 맛보는 시현 아가!

당당한 모습으로,
우렁찬 목소리로,
날개를 펴고,
발버둥 치며 노래하던 너를 지켜보며,

경이로운 순간!
신뢰와 진리 앞에서
실질을 숭상케 하는 숙연한 자세는
큰 벼슬이며, 빛이고, 환희로다!

하늘을 채우고, 바람을 모으며,
어둠에서 깨어나
빛의 전주곡을 듣는 너의 모습은
탄생으로 주어진 축복이어라!

이국땅 우정

시간 속에
간절한 바람은
어느덧 국경을 넘고
머무르는 동안
아름다운 선하나 그어 잇는다.

운남성 서상판납 주
기억될 얼굴들
그 열정과 환호는
진실로 매듭지어
어깨동무하고

한줄기 섬광으로
춤추는 이국땅 우정은
지킬 약속으로
열린 마음
그 찬란한 기쁨을 준비함이다.

그 대지에
비가 내리고
자유를 부르는
우산 속 그리움은
자력과 전류로 혼선이다

그 대지에
안개비 흩어지는
올려다 본 하늘가
사라진 달과 별로
동방명주 탑의 큰 잔 채우고

그 대지에
사랑 노래 들으며
외로움을 마시며
기쁨의 눈물 마시며
심장의 고동소리 오래도록 취한다.

행여나

혹여 내 마음이
당신께 다가설까 두렵습니다.
다가서는 마음을 어찌 거짓이라 하겠습니까.
홀로서기가 이토록 힘이 들어 주춤주춤 휘청거리니,
자칫 당신에게 의지하려 들면
지금껏 참아온 눈물마저 봇물로 변하고,
하늘을 올려다본들 눈물 아니 흘릴까요.
그 눈물을 바라보는 당신이 될까 두렵습니다.
허황된 혼자만의 생각이련만
조금씩 마음속에 자리 잡는
당신의 영상을 애써 밀쳐내고 있음입니다.
이 마음을 어이 사랑이라 하겠습니까?! 하지만
어느새 내 마음은 당신 곁으로 조금씩 옮겨가고 있음이니…….

서현이를 사랑해!

서현 아가 세상 구경 나왔을 때,
안아 주지 못한 아픔을 이젠 잊으마.

세월 흘러 내게 다가와 안기던 그 순간
그 진한 전률을 오래 오래 간직 하련다.

너의 두 눈동자 그리움 가득하고
네 눈웃음 진작 보배였구나.

힘들 때 너를 생각하고
외로울 때 널 생각하는 나는

다가오면 힘겨워 어찌할 줄 모르면서
멀어지려면 붙잡고 싶은 솔직함이란다.

마음먹고 움직여야
볼 수 있는 서현이를 사랑해!

일지암

전남 해남 대흥사
산등성 저만치
세상 바람 쉬게 하고

일지암 정자 처마 끝
기둥마다 새겨진 동다송
지친 심신 쉬게 한다.

비 내리는 산사에
신비의 운해로
바람 파도 만들고

차향 따라—
허리 굽혀 들어서니
여연 스님 반기시며 우려낸

고산 차 잎 눈물 차 머금으니
아가 젖내음
세상번뇌 잊게하네.

모시발의 비밀

모시 수필을
나누어 가르고
다시 쪼개어
한 뜸 한 뜸
꿰매어 잇기를 수 번,

들추어 펼치니
온세상의 축소판
보고도 알지 못하는
이음새에 숨겨진
모시발의 비밀.

네모 안의 세모
거듭되는 삶의 여로,
섬세함과 단아함
과묵함과 은은함
거듭되는 탄성!

보여주며 읽혀지는
다가서며 읊조리는
마디마디에 숨겨진
모시발의 비밀을
나는 알지 못한다.

착한 오지랖

심근성 차나무를 닮은 당신을 기억합니다. 당신의 향기는
시간 속에서, 바람 속으로 흩어지지만, 제가 기억하는 범
위 착각이라도 좋은 당신의 심오한 진리를 기억합니다. 당
신 때문에 내 작은 설렘을 주워 담고자 하오니 허락하소
서! 보이지 않는 곳에서 당신의 그 넉넉한 미소를 들이키
다 체하기도 했음을 고백합니다. 이른 아침 산책을 요구하
시던 당신의 심오함을 진작 알고서는 아침잠을 애써 깨우
며 동네 한 바퀴를 그냥 휑하니 돌아보았던 부끄러움을 고
백합니다. 당신의 미소를 훔치다 들킨 내 동공을 지금도
기억합니다. 당신의 육성에서 작은 외침을 들으며 심중을
헤아렸던 무례함을 고백합니다. 당신의 숨어 우는 마음을
읽으려다 들키고, 다가서려다 또 들킴을 고백합니다. 머물
고 싶은 마음과 붙잡고 싶은 두 마음 포개며 진정성을 찾
아봄을 고백합니다. 마주하는 눈빛이 섬광으로 스치던 그
순간을 잊지 못하고 그리워함을 고백합니다. 붙잡지 못하
는 마음과 머물지 못하는 마음은 같은 마음으로 자신을 합
리화 시킨 어리석음을 고백합니다. 어쩌면 내가 더 머물기
를 원했는지도 모를 내 작은 흔들림도 지금 고백합니다. 첫
만남에서 어줍은 설렘은 무어라 형용하기 어렵지만 뿌리 깊
은 차나무를 닮은 당신을 바라보며 그 마음 훔치기에 바빴
음을 감히 고백합니다. 다가서도 좋은 차 향기의 짙은 숙
연함을 훔치며 두 눈을 감았던 순간을 고백합니다. 세월 흘

러도 그날을 낱낱이 기억할 것이며 오래 추억할 것을 약속 드립니다. 이별을 위해 먼저 내밀어 주신 당신의 두터운 손의 촉감을 기억하며,아무 말 없이 어깨 토닥여 주시던 그 감동의 순간을 고백합니다. 당신의 손 잡고서도 믿기지 않던 극히 짧은 순간이, 짙은 이별의 오점처럼 느껴지는 아쉬웠음을 고백합니다. 깊은 심중을 이렇게 풀어내는 용 기를 나무라지 말아 주십시오! 어쩌면 같은 마음일 수도 있 다는 어림없는 착각을 용서하십시오! 내 숨길 수 없는 감성 은 미세한 세포들의 박수를 받으며 발그레 그날을 기억함 을 채찍하여주십시오! 조계산 정상에서 내려다보았던 야생 차밭 그 산허리 돌고 돌다가, 당신의 지고지순 지조함을 읽고서 고스란히 안았던 여심을 용서하십시오. 어떠한 과 정으로 당신의 육성을 다시 들을 수 있음과 잔잔한 조언 같 은 나무람이 있어 참으로 고맙습니다. 돌아보는 마음은 언 제 다시 만나 뵐 수 있을까 내 작은 희망을 허락하여주십시 오!

아름다운 포항!

쉼 없이 출렁이는
바다의 협주곡을 듣노라니 아름다워라!
여명을 알리는 새벽 종소리로
약속의 땅, 장엄한 호미곶의 일출 !
북부해수욕장 불빛축제의 국제적 인파
여남과 죽천으로 이어지는 쪽빛 바다의 그리움!

오르고 싶은 곳
산봉우리 나무 그늘 있음에 아름다워라!
자연의 섭리로 사계를 단장하며
정기를 내뿜는 근교 산의 에너지로
시민들의 건강과 이상을 실현하는 지름길,
포항 산악인들의 쉼터!

형산강 물줄기의
맑고 푸름이 흘러 아름다워라!
차 한 잔 마셔도 좋을 허락된 삶의 공간,
바다와 맞닿는 그 곳에
지친 삶을 휴식하는 시민공원!
꿈이 현실로 이루어진 포항의 다변화,

시시때때로 정서와
문화 혜택을 누릴 수 있음에 아름다워라!
매 마른 정서에 단비가 된 문화예술원,
많은 취미 동우회의 전시회,
국악 산조와
시립교향악단의 오케스트라 연주회…

낮과 밤을 잊어버리는
한호공원 잔디들의 이야기는 아름다워라!
즐비한 조각 미술작품들과
공원 안에 웅장하게 건립된
르네상스를 열어가는 시립미술관!
우리 동네, 이웃동네, 먼 동네 화가들의
작품 전시관에서 삶의 여유를 누리는 시민들!

시간 속에 변모한 아름다운 포항!
시가지 한가운데 졸졸졸 정겨운 실개천!
오랜 역사로 활성화된 죽도시장!
이제 새롭게 단장될 손색없는 동빈로 항!
경북의 청소년을 위한 수련원의 개관을 기다리고
KTX의 개통과 포항공항의 개혁을 기다리니…

끊임없는 움직이는 철강도
용광로의 불멸이 춤추니 아름다워라!
무한한 가능성을 보이는
포항의 자랑 남구의 포스코!
환동의 국제화를 기다리는
21세기를 치닿는 북구의 신항만 해상신도시 !

포항은 산에서 바다에서 강에서
문화 예술 다기능화로
항구의 도시화로
철강의 미래화로
환동해권 구축화로

미래지향의 아름다운 포항이어라!
2010년 어느 날에 포항 예찬하다!

남다른 오월의 향

집 밖에서
남다른 오월의 향을 기다린다.

백자 다관에 정성껏 차 우려
초의선사께 헌다하며 고(考) 한다.
연두빛 사랑으로 차향 가득하고
차실은 더한 정적(靜寂)이다.

햇차 기다리던
다우님들 생각하며 차를 마신다.

먼지 같은 그윽한 솜털,
들이키니 근심걱정 사라지는,

아! 이른 봄 자순이여!
너로 하여금

이 봄날 풍성함이
한가위를 방불케 하는구나!

내 안에 네가 있음이니
진정 홀로 마시는 차 경의롭구나.

숙연함을 더해 성숙함에 이르니,
너를 닮고자 함이로다!

그 미와 그림비!

온 누리, 온새미로
다솜 있음에

나비잠처럼
사시랑이처럼

아라 위
윤슬, 아스라이 바라보네.

예그리나
비나리 있으리라

애오라지 라지만
미쁘다 하기에

옛살비,
별바라기 하며

미리내 건너
꼬리별과 별찌 찾는 듯

한별 찾는 예그리나!
그 미와 그림비

그 여자와 그리운 남자!
-그 미와 그림비 해석

온 세상, 자연 그대로 언제나 변함없는
애틋한 사랑있음에

갓난아이가 두 팔을 머리 위로 벌리고 편히 자는 잠처럼
가늘고 힘없는 사람처럼

바다 위
햇빛이나 달빛에 반짝이는 잔물결, 아득히 바라보네.

사랑하는 우리 사이
축복의 말 있으리라

넉넉하지 못하지만
진실하기에

고향
먼 하늘 바라보며

은하수 건너
혜성과 유성 찾는 듯

크고 밝은 별 찾는 사랑하는 우리 사이!
그 여자와 그리운 남자!

착한
오지랖 이길선 시집

초판 1쇄 : 2014년 11월 25일

지 은 이 : 이길선

펴 낸 이 : 김락호

디자인 편집 : 한지나

기 획 : 시사랑음악사랑

인 쇄 : 청룡

연 락 처 : 1899-1341

홈페이지 주소 : www.poemmusic.net

E-Mail : poemarts@hanmail.net

정가 : 10,000원

ISBN : 978-89-91664-90-6